運河叢書

歌集

停年

佐倉東雄

現代短歌社

停年

目次

停年

平成十一年

小高き森

ひたぶるに勤むる日々よ公民館はわれに適材適所の職場といふか

柔軟に処することなくわがをれば出先機関へ
の辞令の多し

ことさらに地位を守らんと如才なし同期の振
舞のひとつひとつは

公民館の海近きゆゑありがたき昼の休みに今
日も来たりぬ

ゆくりなく女人を恋ふる夢を見き『反常識講座』を読みしその夜

雑木々の小高き森は国造《くにのみやつこ》の円墳なるとぞ畑中にあり

県営の五階建て団地造成の決まりて古墳のたはやすく消ゆ

古墳よりあまたの遺物出で来しが団地造成の
刻々すすむ

将門の墓と称さるる石塔を遠く移せり古墳の
上にありしが

無住寺の風なく冬日の差すところ野良猫数匹
向き向きにをり

日本庭園

前衛短歌いくたび読めど詩にあらず歌論を読むに前衛を解せず

あしたより北風強く吹きをりて世界名著全集を回収車に出す

あいまいな物言ひが一番とつね言へる課の同
僚が参事となれり

度の合はぬ老眼鏡なれど持ち歩くよはひとな
れり風とほく吹く

曲水を設け日本庭園をなす地下は数百台の駐
車場とぞ

パソコン

パソコンを用ゐる業務の数多ある職場に異動す打てざるわれが

パソコンのキー一つ打てざるに三十数枚のフロッピー引き継ぐ

提出の期限迫れどパソコンの操作わからず暗
闇にゐる

退職を促す異動かパソコンの操作知らざれば
病むごとき日々

パソコンに一太郎・花子などといふ機種名あ
りてただに驚く

研修を受くることなくパソコンをいぢり始め
ぬねずみとは何

未成年の弐男が婚姻届を出すといふ親の同意
を妻と署名す

社宅にて新しき生活を始むると雑貨の数々わ
が子買ひくる

いつせいに小楢の林そよぐとき谷に響けり梅雨明けまぢか

五千年前の土器の文様をまつぶさに見つつ縄目のひとさまならず

縄文の土器の破片が収蔵庫に眠りてやまず数万点を超ゆ

四箇月経れどパソコンのままならず神経性の
胃炎がつづく

陰地ゆゑひすがら日差しの無き室《へや》に苛立ち覚
ゆ事務を執りつつ

縄文人

人脈を通し保身をはかりつつ幾たりの同期の早き栄達

縄文土器を製作せんと同好会の人ら縄文人になりきつてゐる

職場詠はたんなる愚痴にすぎんとぞ同僚の批
評を聞くはいくたび

川の汚れ知りしか否か練馬より釣り人の来て
沙魚の数匹

屋号にて呼び来たる店の次々と閉ぢて旧道の
さびれてゆけり

朱の色の濃き辛夷の実を拾ふ加曾利貝塚の霧
晴れし午後

胡桃の実山栗の実を拾ひつつ縄文人になりゆ
くわれか

神輿担ぐ支度しをれば余所に住む弐男も担ぐ
と急遽来たりぬ

秋祭りの神輿担ぎて満ち満つは裡なるものの
放出ならん

四季

血圧の高きを指摘されしわれ今日より味噌汁
を薄味とする

未成年の弐男も今日より離りゆき妻との会話
は如何にならんか

年下の職員に日々なじられて新しき職場の一
年終はる

立冬に近き椿の咲く道を行きつつ昨夜の夢を
あはれむ

明け方にひとときときとき降りし雨音を聴きてほぐるるわが執着は

狭き庭に四季を通して花のあり妻がいとほしみ育てゐるもの

平成十二年

靴下

幾箇所も穴の空きゐる靴下をはきて長男が雑煮食ひに来る

お笑ひのプロを目指すと浅草に住みてゐるらし五年を経たり

コンビニに期限の過ぎし弁当を求めてわが子は日を継ぐといふ

靴下代もたせ駅まで送りしが子は振り向かず改札口に入る

養老川をはさみて台地なすところ古墳消えつつ進む宅地化

剪定の済みてあかるき梨畑養老川に沿ひてひろごる

住み慣れし家を毀ちししづけさや更地に冬の雨降り沈む

蓮

二十五年住み馴れし家を建て替へん更地になればすでにすぎゆき

巨木なる辛夷に幾千の蕾あり降りゐる雨に濡れて黒ずむ

裸木は幹よりゆれて強風のをさまりがたし楢
の林は

初孫は蓮と言ひたり生《あ》れしより十日経ずして
自己顕示あり

命名に流行《はやり》あるらし孫の名も上位にありて一
世もちゐる

返済の済まざる家を取り壊しわが立て替ふる
迷ふことなく

親餅の一つ思ひ切り投げたれば争ふごとく人
ら取りあふ

餅あまたお捻りあまた撒きたれば遠くより来
てゐる人おほし

二十五年使ひ来し家財の大凡は処分したりき
和洋ダンスも

専断

川波の逆巻くままに冬海に注ぎてゐたり午後
出でくれば

役人になりきれぬまま停年を迎へるもよしもう一息ぞ

専断の一職員にわれのゐる職場は常に沈黙を生む

従順に組織にありて栄達の早かりし友の個性を知らず

五箇月を経てやうやくに各部屋のかたち見えくる広き書斎も

春雷のはげしき夕べ目薬と整腸剤を買ひて戻りく

借財を再び負へど停年まで勤むる意欲いかに保たん

濃淡のみどりゆたけき縄文の森に五月の風音
ながし

大幅に削減されたる予算にて質を落とさず事
業せよとぞ

マンションの最上階の生活は如何なるものぞ
定住として

丹念に化粧してゐる女子生徒の変容あらは朝の電車に

受賞者

駅近く次々と建つマンションに明かり点れり個の小空間

機能的間取りといへど高層に住みゐる人らの
春秋思へり

風通しよき板の間に極まれる暑さ凌がん大の
字にして

立ち読みをして帰り来つ『ツァラトゥスト
ラ』の「酔歌」の部分

いくばくかこころ癒えしか夜の街をパイプ煙
草を喫ひつつ歩む

オリンピックの表彰台に受賞者らことさらメ
ダルを噛みゐる哀れ

蚊取線香をひと夏ともすわが職場職員間の疎
通なかりし

担ぐたび今年限りと言ひつつも近づく渡御に
落ち着かずゐる

球根

横浜のストリップ小屋にゐるといふ長男を訪
ふ妻ともなひて

見つかりし妻の乳癌のあらましを医師より聞
けり問ふ術《すべ》もなく

こまごまとしたる品々を一つにし妻は入院の
連絡を待つ

乳癌の診察終へて帰り来し妻がチューリップ
の球根百個を植うる

入院の手続きやうやく済みし妻待合室に疲れて眠る

玉葱の苗を植ゑ付けゑんどうの種を蒔き入院せり妻は

職場詠を作るはみづからを損なふと言ひくれし友の停年待たず逝く

明日より暫くひとり居となる吾は電化製品の
操作わからず

四人部屋に明るき会話の声聞こゆ何れも乳癌
の手術待つとぞ

昏睡のまま手術室に妻入れり乳房の切除リン
パ節の切除

平成十三年

樹液

手術して十日経しのち改めて妻に乳癌の確定
診断くだる

左乳房またけく切除せし妻のふさぐことなき
日々をあはれむ

乳房なきを受容せる妻の日に三たび抗癌剤を
欠かすことなし

自己流に育て来たれる盆栽を減らすなどして
年改まる

大雪に幹より裂けたる若杉の樹液匂へりかた
はら過ぐれば

抗癌剤を飲みゐる妻のこの日頃太りてきたる
副作用かも

彩灯の著けき舗場に自らの憂ひを解かん慰藉
のごとくに

二年間の職場を去るに感慨の湧くにもあらず
机を整理す

新刊本

図書館に異動となりぬわが編みし歌集の二冊
がしづかに並ぶ

胃の痛み即ち職場の疲れにて夜半の路上をた
だに酔ひゆく

腰痛を治さんと通ふ整形外科さながら老いの
集会所に似る

サービスは限りなくしてたわいなき新刊本の
購入に応ず

二百万冊の中の一冊瞬時にてわが検索すやうやくなれて

総合の検診結果に中性脂肪の多きを指摘されたりわれは

抗癌剤のゆゑにかあらん妻の食事次第にわれと異なりてくる

鉄亜鈴を用ゐて肉体をいたぶるは二年を経たり外聞もなく

邂逅はおのづからして離りゆく必然のあり貧しく生きん

梅雨曇る休耕田にゐる鴨の鳴くこゑ聞こゆ太きその声

公共の図書

特別の権利意識を持ちて住む人らの要望は支配者のごと

沖遠く埋め立てて竣りし住居群高層ゆゑに親しみ湧かず

図書館は居心地よきらしホームレスの開館時
に来て閉館までゐるは

ホームレスの早く来たりて図書館の開くを待
ちゐつ紙袋さげ

公共の図書に書き込み切り取りのありて嘆く
は疲れとぞなる

停年まで勤むることが勤めにて今少しわれを
雇ひたまへな

住民の権利意識のあらはにて市長への手紙と
なりて届きぬ

午前零時

処女歌集『降霊』を編みし山下樹「霊の時空」へいかに出入りせん

処世術を身に付くるなく三十八年勤め来たれど喪失もなし

高層の住居増えつつ住む人らたちまちにして無機質の惨

停年を三年残すのみとなりこのさやけきは何
処より来る

深酒が何を潤すすべならん午前零時を過ぐる
日おほし

腰痛をかばひつつ勤めに向かふ道金木犀のた
わわに咲けり

朝夕に灸を据ゑしが腰の痛みところ移りて容易にとれず

要望をあらはに主張する人ら高所得者の住む一区画

将門の伝説今に残りゐる宝篋印塔の苔厚くむす

七重の塔の心礎が草むらにぽつねんとあり暑き日受けて

葛切り

ゆるやかに図書館に続く長き坂木槿の花の朝々あたらし

残業を終へて小暗き居酒屋にしたたかに酔ふ
ひとり来たりて

腰痛の再発したれば神輿担ぐをわがあきらめ
て提灯を持つ

高々と神輿を上げて相寄るはしきたりにして
交合のごとし

冬近き山ふところに竹叢のくもりにふれて沈
痛のさま

秋曇る北鎌倉に三人来て葛切りを食ひビール
飲みたり

寺庭の楓のもみぢ敷くところ踏みて佇む午後
のくもりに

縁切りの寺に入り来て冬桜の花をあふがん花
寒からず

平成十四年

点滴

策略をつぎつぎ立つる人のゐて成功したれば
留まりやまず

特別の権利意識をもつ地域公民館図書館を奪
ふがごとし

結腸に直腸にポリープ見つかりぬ悪性か否か
酒に酔ふ日々

六十に近きよはひとわがなれど完全燃焼のい
くたびもなし

高層のマンション群にわが馴れず職場に向かふ停年見えゐて

表情の悪《あ》しきポリープは癌化への可能性ありと若き医師のいふ

病名は多発性ポリープと下されぬ異型のものの二つ含まれ

処置室

病室に啓蟄過ぎのひかり満つポリープ切除を
明日に控へて

切除終へひと夜を経しが出血のありて再び処
置室に入る

院内の長き廊下をストレッチャーにてわが運ばるる半睡のまま

点滴の落つる速度を看護婦の変へることありただに入りきて

病室に身を横たへて十日間春の疾風《はやち》をいくたびも聞く

点滴の取れて重湯・全粥・半粥に変はりたり
退院まぢか

再入院

市役所に勤めて勝利者といふ勿れあはれ栄達
に専念せる友

人脈は複数なしてあるといふ友は人事にことさら聡《さと》し

図書館を通年開くと検討せし職員に図書館勤務のありや

体重のいくばく減りたる原因を癌の浸潤と知るよしもなく

直腸に中分化型腺癌の浸潤せるを酔ひて弔ふ

咲き盛る躑躅《つつじ》のひと木移植して五月一日再入院せり

暑き一日

両腕に点滴のあと残りゐて術後の恢復容易にあらず

夏至の日の暑き一日家なかををりをり歩む腹部かばひて

開腹の箇所の痛みはふた月に及びて庭に出づるが限度

退院後のわが身は痛みと共にあり開腹の箇所直腸の付近

最新の癌の情報を読みしかどその因不明とは何たることぞ

使はざる物をぼつぼつ捨てはじむ癌の手術を
切つ掛けとして

処世術を持たざるままに勤め来て停年近く癌
に襲はる

手術して二箇月経れど出勤の未だかなはず梅
雨の明けたり

きはまりし暑さをしのぐ手立てなく術後の恢復さらに遠のく

療養

三箇月の療養休暇の足らざれば職場復帰をさらに延ばせり

生活の範囲おのづと縮小し老いを用意す術後のわれは

梅雨の日々極暑の日々を臥すわれは癌の転移に懼れをいだく

癌の手術してより裡にそよぐもの音とともなはぬ年少の記憶

四箇月やまひにあれば体力の半減したり庭芝
を踏む

完全に恢復せざれどたどたどと勤めに出づる
わが身さらして

今少し勤めて停年を迎ふるか要領の悪しきは
妻も知るらし

平成十五年

楓

二人目の孫の生《あ》れたり孫の名は楓と言ひたり
見しは六日後

蛙手の約が楓と言ふなれば動植物の名を一字にてもつ

混み合へる朝の電車にても忙しげに携帯電話を押しゐる馬鹿ども

病経て今のうつつに変化あり得喪あれどこころさわがず

幾つもの医療機関に通ひゐてためらはず飲む
あまたの薬

逡巡がもたらす苦痛を鎮めんと珈琲を喫む夜
半の机に

実感として老いを意識すあちこち病みて医院
に通ふ

反応

沈殿の終はりて透き通り見ゆるごと憂ひもな
けん今日のうつつは

流行本をリクエストして半年も待ちゐる人ら
の心理解せず

抜糸せしあとの再び悪化して増殖肥大の活発
となる

借りて行きし本を返却せぬ人多し催促すれど
反応にぶく

公僕はさびしきものぞ定型の言動にして個を
失へり

冬波

四十年勤め来たれど来し方を憶ふことなし
易々と老ゆ

隣り合ふ休耕田にうすら氷の張りて鴨らの群
れゐて動かず

弁明をせざるをよしと帰り来て組織の中のおのれあはれむ

幾たびか脱皮試みしことあれど叶はぬままに停年近し

雨の日のひとひ机に寄りゐたり耳順に近きわれの係恋

手術後の安定のなき歩みにて霜解けしたる畦
道をゆく

垂直にそばだつ岩の海なかに列なして見ゆ冬
波截りて

停年を二年に控へ銀行よりマネープランの案
内しきり

余白

今日ひと日失ひしものを思ひをり夜半吹く風のさだまりがたく

停年は六十歳にしてあと二年といふこゑ聞こゆわが声にして

遅霜のつよく降りたる裏畑に鵯むれて菜をついばめり

手術して一年経しが安定のなき歩みにて職場に向かふ

からだ重くこころ重ければ青天と言へど余白のごとき一日

ゆつくりとゆつくりと歩む私を認むるは一人をればよろしき

開腹ののちの痛みをかばひつつ芋苗を挿す雨の上がりて

庭石を一つ移すに半日のかかりて石の確かなる存在

図書館を通年開館するといふ出先職員の否応もなく

行きたくない行きたくないと呟きつつ職場に向かふこ二三年

勤務評定

市役所に勤めて四十年われながら思ふことあり四十年間は何

貧しかる係恋ひとついだきしが想ひの範囲を出づることなし

何ゆゑの基準とするや勤務評定の自己申告書
が今年も配らるる

物忘れするには少々早すぎるか薬の服用をし
ばしば忘るる

あしたより裏畑に出で台風に倒れし玉蜀黍を
半日起こす

浅き眠り

老眼の度数にはかに進みゐて合はぬ眼鏡にいらだつしばし

庭の菖蒲いつせいに開く朝にして清しき風の流れも見ゆる

勤め先に向かふわが身の揺れゐるは浅き眠りのゆゑにかあらん

われよりも館長副館長の若くして仕事以外に話すことなし

停年後を如何に生きんか市役所に再度勤むる思ひはあらず

解釈の容易にできざる前衛の短歌はいづこへ
向かふといふか

わが勤む市役所に主流反主流ありとし聞けど
こころさわがず

平成十六年

棟上式

停年の間近といふに背広一着われは仕立てぬ
ためらひもなく

能力の無きは出先への辞令多し上司にもの言ふ職員もまた

中高年の境にありて掛かり付けの医院にゆく日の次第に多し

梅雨空の晴れて出で来たる海なぎさ波の反復はわれの反復

混み合へる通勤電車に乗ることも二年を切りぬ待つは停年

停年を待つばかりなるわれにして培はれしものの無きを寂しむ

二十歳にならざる弐男が十万円の貯蓄なくして土地を購ふ

金の工面いかに立てしかわが問はず棟上式に
餅あまたまく

注文の住まひの竣りて家族四人は狭き社宅よ
り家移りをせり

人混み

停年に向かひて日月の減りゆくを喜びとして
零落はなし

停年の日々を思へば清々し係恋に似たるそよ
ぎもあらん

妻とわれ前後して癌の手術せり妻は乳房の一
つ失ふ

年明けて入退院を繰り返すみどり児に点滴の
跡なまなまし

一方的に多弁となりし人あはれ自らの保身が
随所に見ゆる

いくばくか酔ひて冬の夜の人混みに紛るる吾
の衰へたりしか

市原より発掘されし人物埴輪武蔵国の窯になるとぞ

凧

夥しき電飾の点く路地に入り行き付けの店のドアを押したり

二日酔ひのままに職場にわが向かふ駅売店に
て自然水を飲み

細々と滝水落ちて放生の池にそそげり寒ぞら
のした

官と民いづれを問はず振舞の上手きは自らの
保身にあるべし

横すべり・降格・左遷・昇格など家族に直接
かかはる辞令

早くして昇格したりしわが仲間歳月経れど風
格はなし

孫達のために扁を作りたり絵をも描きて落款
を押す

孫達の入園式に双方の祖父母も行くとぞ聞き
ておどろく

選択を迫られしとき損得の思ひなければ決断
はやし

自我

組織より開放さるる日を待つは人恋ふごき至福といはん

とりどりの春の花咲く庭にして西洋品種のスミレ加はる

四十年勤め来たれど上司らに媚ぶる諸々をつゆ持たざりき

年を経ず勁き荒草の生へしかば休耕田の生態かはる

岩の如き同士といへど時経れば自我あらはれて組織を分かつ

恋慕

日を置かず同じ恋慕の夢を見つ夢は夢にて大
切にせん

梅雨半ばの晴間を運動に当てしわれ古墳の幾
つゆつくり巡る

百年後に耐へ得る年金制度と言ふ百年後は如
何なる時代といはん

たくみなる社主の営為に年寄りの集まりてゐる空きし店舗に

空き店舗に目張りをなして健康器具の販売するらし老いを相手に

詐欺まがひの商法にして年寄りを集め三日後は跡形もなし

携帯電話

停年後の年金の仕組みを聞きをれど理解しがたし役所の用語は

玩具にも似たる携帯電話持つ人ら病の如く押しゐるあはれ

われわれの税金で食つてゐるといふ言動受くるも僅かとなれり

ことさらに上司にへつらふこともなく勤め来たりぬ停年まぢか

面会時間

わが集落に行人多し出羽三山の信仰篤く継がれ来たれり

月々の八日に行人の集まりて講を行ふ昔ながらに

行人の逝きたれば墓地に梵天を立てて弔ふ行人ら来て

入院と同時に手首にバーコードを付けられし
吾は物品となる

局所麻酔手術のゆゑに一言一言医師の会話の
すべてが聞こゆ

四時間に及ぶ手術の終へたれば車椅子にて照
射に運ばるる

親子四人会ふは何年振りならんわが入院の面
会時間に

病室より見ゆる千葉医大の広き森桜のもみぢ
が日ごと濃くなる

神輿

手術後の痛み残れど退院の日を迎へたりとほき秋雲

予約表持ちて診察を待ちをれど三時間余にしてやうやく呼ばるる

今年こそ神輿担がんと決めゐしが手術せしゆゑ見物人となる

われに似て神輿好きなる弐男なり揉み合ふ中にゆがむ顔みゆ

雨のなか神輿はつぎつぎ拝殿より担ぎ出されぬ雨をはじきて

四十一年の勤めを振り返ることなかれパイプ
煙草を公園に喫ふ

平成十七年

電気毛布

歌会始の選者の一人が詠みし歌前衛歌人の微塵もあらず

大方は己の地位をはづすなく意見述べをり指
名受くれど

命令を下す立場に無きままに勤め来たりぬ四
十一年嗚呼

診察の早きを確保せんとして寒気のなかに一
時間余り立つ

停年の間近となりたる休日に写真を整理す机
の中も

この冬より電気毛布を使用せり強弱の度合た
びたび変へて

退職辞令

おほかたは心よろひて勤めゐつある面々は如
才なくして

胡麻をするといふ言葉を無縁とし役所勤めの
停年退職となる

四十一年組織のなかにいたりけり上司関係は
否応もなし

ひとたびも仮面をわれの付くるなく長き勤め
の今日終はりたり

一通りの教育長の挨拶の終はりしのちに退職
辞令受く

使ひ来し柘植の認印を持ち帰りただに見てをり使用四十一年

夜半の街上

薄明の湾を出で行く漁船あり灯す明かりの音なくゆれて

夕波のちかく聞こゆる湯泉に軽重なき想ひを浸す

二分咲きの桜もよけれ山峡にひとり来たりぬ鳥のもろごゑ

『定年後の生き方』といふ本あまた店頭にありたが購《あがな》ふや

あしたより年金生活者とわがならん夜半の街
上に影さむく曳く

潮の香

三鉢の藤の花房それぞれに色をたがへて重か
らず咲く

梅雨曇る無人の駅に下りたてば潮の香つよし
宿へと向かふ

崖下に小さき島の点在すいづれの島も松ゆた
かにて

ひとつ波沖より膨らみ寄る時に潮の香はさら
に増しつつあらん

みちのくのもみぢ輝く岩なだりみどり置くご
と這松まじる

シャッターを下ろししままの店いくつ旧商店
街は房総往還

集団社会

無気力に生きゐることが私に得難きものを時にもたらす

商店街の流動早し一年を経ずして画廊が美容院となる

午前二時寝に付かんかな枕元の網戸に蟬の当りて啼くも

いつの世も人らは偽り生きをらん集団社会の
発生あはれ

法師蟬の啼きごゑ止みたる公園にうとうとと
せり残る夕映

老いの意識あるかなきかの境にて月下美人の
咲くを見守る

パイプ煙草

停年後の半歳早し郷土史を調べ方言を集めてをれば

急ぐなかれ留まるなかれ自らの足音を聞く夢のもなかに

足少し上げて眠りにつかんかな足の疲れの癒ゆると聞けば

思考力の衰へ行くを嘆くなくパイプ煙草ををりをりに喫ふ

蕎麦掻き

人ごゐを離りて正倉院のうら道をひとりし行けば秋日寒しも

もみぢ遅き北鎌倉の路地に入り並びて待てり蕎麦搔き食はんと

寺庭の池になだれ落つ滝水の低きがゆゑに音ともなはず

わが町に頼朝伝説ありしかど伝へる術をすでに持たざり

再就職をせざるは迷ひなき決断ぞ組織社会に向かざるわれは

奮ひ立つこともなかりしわが日々をたが平凡と言ひてゐたるや

平成十八年

名残り

中身なき主張かかげて頂点に立ちたき人の意外におほし

気が付かぬほどの葬りでよしと言ふ妻の言葉
の年々たしか

ビル街の一画に数軒の民家あり時の刻みの名
残りのごとく

河川敷にテントを張りて住む人ら如何なる社
会を形成せるや

雪の降るひと日炬燵にむぐりゐてこの安らぎは何処より来る

形《なり》振《ふ》りをかまはずわれの外出す勤め持たざれば拘束のなく

馬鈴薯の種芋植ゑつけ昼よりは炬燵に固体のごとく動かず

残雪

雑木々に芽の動きありひと冬を耐へたるもの
の確かさならん

わが生をみづから問ふて何ありや炬燵に一日
うとうととせる

停年を境に勤めを持たざれば紛れなき吾と
日々向き合へり

碑《いしぶみ》より郷土の歩み調べんと判読しがたきは
拓本とする

通勤のために履き来し革靴が幾足もあり埃か
ぶりて

信頼は時にたやすくくづるるを諾ひつつも人らよそほふ

黒部にて五月初めの雪にあふあひて降りゐる雪のしづかさ

立山の峰々に残雪のゆたかにて音なく雪の輝きとどく

ちちははに朝々線香をあぐれども自らにあげてゐるやも知れぬ

納豆売り

残年を数へることの希にあり癌の転移を身近に聞けば

梅雨雲の低きに妻が玉蜀黍に土を寄せをり腰をかばひて

退職後一年経ちたり上司らの声聞かざりしこのすがしさよ

採血と採尿終へて帰り来る道に納豆売りの声が過ぎ行く

蒸し暑き夜更けなれども方言をまとめつつをり遠き雷鳴

片づくるは不要の物を捨つるなり清《せい》々《せい》として部屋ぬち広し

具象

みづからを俯瞰することの多かりき簡明にして地に埋もるるか

一日に大きなる検査三つ受け院内歩むも歩みにならず

風呂出でて日課となせる腕立て伏せ耳順を過ぎて二十が限度

うつしみをおほへる憂ひはかたちなき疲労となりて数日つづく

具象なく昨今あるをわが赦しコーヒーを飲む暑き夜更けに

五基の神輿

刻まれし木材を単に組みてゐつ鑿や鉋の音の聞えず

一千万円かからず家の竣るといふ積木のごとき家にしあらん

過ぎて行くものは過ぎ行け裡深く留まるもの
は留まりてゐよ

開腹痕の痛みありしが五年振り神輿担げり諸
肌ぬぎて

極限に達するまでに揉み合ひて五基の神輿は
宮入となる

宮入の順番来たれば高張を灯して神輿の前に
わが立つ

順番

直截の言動がみづからを滅ぼさん明け方近き
居酒屋に酔ふ

ひと月の過ぐる早さに驚きぬ町会の役公園の
草刈り

漁業権を放棄してより五十年海の話も皆無に
ひとし

今しがた淹れし珈琲のゆつくりと秋の机に冷
えつつかんばし

腰の痛み耐へ難きまで痛みゐてゆく部屋部屋
に湿布薬匂ふ

針治療マイクロ波治療の順番を二時間余り待
つ半ば眠りて

待合室は集会所と化すリハビリを待つ年寄り
は田舎弁なり

品格の用語溢るるも品格のなき政治家の顔大
きく映る

平成十九年

老いの証

順適にあらざるままに停年となりたる吾はみづからに賛

艶のなく割れやすき爪となりゐるは老いの証
としきりに思ふ

生れしより先頭に立つこともなく老いつつぞ
ゐる心かろきに

年明けて幾つもの医院に通ふわれ今日は内耳
の手術を受くる

消えていくものを残さんと方言を集めつつゐて十年が経つ

刻印を打たれしごとき年少の辛苦思へどすでに残像

たがために今日あり明日のありたるや一歩離りて吾の歩まん

秋祭りの神輿担がんとダンベルを日毎用ゐて
軀つくるも

鉱泉

かたくなに勤め来しわれかたとふれば職場の
中の上司関係

虹彩炎の治療の終はり歩み行く街並まぶし視
界ゆれゐて

明日を待つ心ともなく明日を待つ桜の花は霙
に打たれ

高層を誇れど無機質なるゆゑに無機質ならん
住みゐる人も

月待をいまだつづくる集落は天保四年の掛軸かかぐ

知名度をあぐるに固執せる人の話を聞くはいたいたしけれ

幾つもの組織立上げ代表になりたき人を遠くながむる

足腰の痛みに効果のあるといふ鉱泉に浸る三日泊まりて

濁り濃き鉱泉に浸り痛みある箇所を揉みたり日にいくたびも

波動

わが歩み古墳をめぐること多し菊麻国造《くくまのくにのみやつこ》の置かれし台地

八幡・五井・姉崎浦の人らみな海の時代は純朴なりき

梅雨半ば七月三日はわが生れし日にて図書館に一日ゐたり

累日は波動ともなふ如くにて老いの意識の揺れ動きたり

中性脂肪の高き数値に掛かり付けの医師も驚く画面を見つつ

交差点

庭に出で好みのパイプを銜へゐつ梅雨の曇り
の蒸し暑き午後

何ゆゑにわが生ありて何ゆゑに葛藤の思ひ湧
くにかあらん

幸不幸いづれに傾き老いゆかん街の珈琲店に
苦きを喫《の》める

影のなき炎暑の交差点を渡りゐる人らの用事
は如何ほどならん

五人

十余年かけて収集せし方言を一冊となすも幾
世のこらん

今年限りと神輿を揉めば両肩の触れ得ぬまでに腫れたるあはれ

五十年近く神輿を担ぎ来て神輿は常にわが身たぎらす

将門の伝承残る新皇塚を崩して県営住宅の幾棟ならぶ

未発掘のままに残れる古墳群ゆたけき森を成してしづけし

昼間より気のおけぬどち夫々に持ち来たる酒の味を確かむ

「運河の会」設立せしは五人にて二人は離り一人は逝きたり

平成二十年

多羅樹

冬日差す塩釜神社の境内に多羅樹のありて赤き実あまた

散りてなほ緑をたもつ多羅の葉の厚きを数枚
拾ひて帰る

五百年経てゐるといふ多羅樹のつややけき葉
の冬日を返す

明けやらぬ川沿ひ道を歩み行くこの冬一番の
寒風截りて

崩壊

老いを言ひ残年を言ふは埒なきか蠟梅の花のしきりに匂ふ

厄除けにと正月飾りを焚きし灰家のまはりに妻と撒きたり

家ぬちの仏に神に祈るわれ信心のほどはわれ
のみぞ知る

組長を引き受けくるる人のなく整腸剤を飲む
日々おほし

有名人といへる人らは町会の役に係はりしこ
とのありたるや

一棟が百六十戸から成るといふ人間の崩壊が
明らかに見ゆ

皮肉屋の伊吹自民党幹事長の映れる時はチャ
ンネル回す

長き無音

年々に鵜の殖え鴨の殖えゐるは棲みやすき川
に戻りつつあらん

たはやすく従属するは知恵ならん組織の中に
勤むる人ら

人影のなき境内にそよぎゐる竹叢さむし上総国分寺

いにしへの長き無音を統べてゐん上総国分寺の塔の礎石は

草なかに七重塔の心礎石ありて親王国の存在しめす

おもおもと春の数日過ぎんとす混沌殺伐いづれともなく

雨の朝風強き朝歩み行く川沿ひに葦の芽吹きととのふ

春の日の古墳の道を歩みゐて新緑を吹く風の明るさ

呪ひの松

念仏講の古きいしぶみを採拓し十九日講との
係はり調ぶる

新しき医療制度に新しき用語生《あ》れたり「後期
高齢者」

下積みのままに終りし四十一年短くもあり長くもありぬ

わが町にかつて在りしといふ呪ひの松夜更けに行きて釘打ちしとぞ

年金のくらしとなりて三年《みとせ》過ぐ年金制度のゆらぎは止まず

覇者となりおのづと表情に表るる奢りの如きをみづから知るや

実聞に耐へ難ければ街に出で久しき酔ひは深夜におよぶ

すぎゆきは風化さすべし棄つるべし老いの自覚の強きこのごろ

遊女らの差し出しし文に五大力と封〆のある
はさびしゑ

拍子木の音

神輿渡御の重責をわが賜はりて袮の支度を夜
明けより始むる

かみしもの支度終はりて神棚に柏手を打つ身
を清めんと

軽衫《かるさん》の拍子木の音が明けやらぬ空に響きてわ
が家に近づく

神輿渡御の挨拶に来たる軽衫に御神酒そそげ
り昔ながらに

一斉に五基の神輿は白丁によりて高々と差し
上げられたり

町内渡しの祝詞終はりて子供神輿大人神輿の
宮を出でゆく

予約

大杉の立ちゐるところ古墳とぞ私語にも似たる風音を聴く

朝々に古墳のめぐり歩みつつわれに明日ありと疑はなくに

予約せし診療時間の大幅に過ぎて苛立ちの増長はげし

二時間余待ちてやうやく呼ばれしがわれはしばらく半睡の態

病院は一つの町の如くにて売店・食堂・キャッシュコーナーがある

平成二十一年

会津藩

江戸湾の防備につきし会津藩士の墓石多し富津の寺に

海に向き傾きかけたる墓石に妻子らの名の連なるあはれ

会津藩の末裔が上総の地にありてペリー来航の世を語り継ぐとぞ

方言を語り郷土史を講ずれば埋め立て以前の海が顕《た》ちくる

モディリアニの瞳なき青き目の少女像ふくむ
憂ひは清けくあらん

冬の蚊

昼夜なく人の働く工場群文化的夜景景観の指
定を受くる

息白く明けやらぬ丘を歩み行く一月一日古墳の周囲

くぐもれる庭に蠟梅の香のしるし蘇るもの殊更にして

体調の悪しき日あれど一時間の歩み欠かさず冬の暁

暖かく暮れゆく庭に冬の蚊の刺すにもあらず
吾にまつはる

二次会を断りひとり行き付けの店にて酔へり
酔ひて落ち着く

急ぐことすでに無き身ぞみづからを律すること
もあへてなかりし

脂肪分の無き品々が食卓にあがる日多しものいはず食ふ

脂身をおほよそ断ちて三百五十日中性脂肪の数値さがらず

歴史散歩

ビルの間に残る地蔵に夜半も来て線香あぐる
は若き女とぞ

老婆来て地蔵の膝とみづからの膝を丹念にさ
すりつつをり

厳島神社は豊漁の神にして船橋漁港のかたは
らにあり

煎餅作りの職を身に付け浪速より先祖来たり
しといふ屋号は直船屋

蔵二つ持ちてせんべい屋を営める若き主《あるじ》は十
代目とぞ

店の構へ歴史散歩にかなへれば店の歩みを主
より訊く

をみな

すでにして記憶の失せしものの幾つ順序あらず
もしばし顕ちくる

吊られゐる長き鋼材は時の間もゆるることな
し水平にして

老いつつも混沌はあり靄の立つ低き峠を一つ越え二つ越ゆ

みづからの短歌詠まんと日を積めど写実はとほし写生はとほし

おしなべて弱肉強食の世にあれどわれの一世は競ふことなし

廻国のをみなは豊前《ぶぜん》の産にして上総五井村に
享保拾弐年の墓

六十六部となりしをみなは半ばにて身をひさ
ぎつつ成就あらずも

虚脱感

照り返し強き舗場の人群れに抗ひもなく混じりて歩む

何ゆゑの虚脱感なるや街上の壁にもたれてパイプ喫ひゐつ

川沿ひを歩みし日より往反に詠みたる歌の幾
つ残らん

蟷螂は闘争の構へくづすなくわれに向かへり
暑き日の庭

一時間の歩みに一時間の想ひあり満ち来るも
のは寂しさに似つ

老いの身にしばしまとひて止まぬもの今生《こんじやう》の
霊彼岸の霊かも

路地裏

体内の何れの器官も老いてゐんきのふ泌尿器
科けふ整形外科

今しばし心を閉ぢて歩みをり残暑の街樹に蟬の啼きごゑ

秋祭りの提灯を一対かざり終へ明日を待ちゐつ酒うまかりき

二十日ほど太宰治が逗留せし旅館玉川は斜陽館に似る

ゆきずりに元禄五年の道しるべありて刻字に
欠落もなし

路地裏の劇場は閉館となりゐしがストリップ
嬢の写真のこれる

家居して寒く暮れ行く頃合に新聞拡張のセー
ルスが来る

乾きつつ老いて行かんか街に出で焼酎を飲む
目刺しを肴に

平成二十二年

うすら氷

新しきひかり浴みつつ庭芝を踏みてひとしきり運動をする

寄合の酒にずぶろくとなりたるか帰り来し記
憶の断片すらなし

万両の朱実ことごとく啄みて啼く鵯のさらに
鋭《と》きこゑ

庭先に張りたるうすら氷を踏みたれど薄きが
ゆゑに音もせなくに

盆栽を一挙に減らしこころ軽し明日は明日に
てさらに減らさん

をりをりにわが残年を思ひみる確約もなく保
障もなきに

採拓

剪定のおほかた済みし梨畑に一月下旬の雨あたたかく降る

低《ひく》丘《をか》に手付かず残る古墳群をめぐりて帰りく雪の朝《あした》も

年金の生活にやうやく慣れしかば介護保険の証書が届く

田の畔に日記講中のいしぶみが宝暦の世の実態としてあり

停年後職に就かざるを今にして思へば答はおのづと正解

丘の木々つぎつぎ芽吹きはじむるを幸ひとして二時間の歩み

大きなる歌碑の採拓を終へたれば疲れと満足
と同時に来たり

ストーブを付けず机に寄りゐたり血脈の冷え
追憶の冷ゆ

遠景

酒を飲む日々の代償といふべきか病院の薬が次第にたまる

吹き荒るる風は黄砂をともなへり昼街に来て居酒屋に入る

感動の半減したる証にて老いの加速はいふべくもなし

運勢欄

放生の池のほとりを月いち度掃き清めたり分担決めて

放生会は宇佐八幡より来しものぞ絶やすこと
なし旧暦八月十五日

放たれし鯉の成長は早かりきゆつたりとして
滝口に寄る

奸策をつぎつぎ巡らす人のゐて浄土はすでに
閉ざされてゐん

占ひを信ぜぬわれが新聞の運勢欄にしばしば
見入る

そよぎなき竹叢の径歩みつつこの静寂になれ
をし想ふ

竹叢の風なきゆゑにゆるるなく夏日受けをり
午後に来たれば

蟬の諸声

風体はすでに老身となりてゐつ等身大の鏡に見れば

老体といふには少し早きかな暁近く酔ひて帰宅す

心やすめ軀休めし一日は塵芥のごときを払ふ
に似たり

午前四時いまだ暗きにすだ椎の森より蟬の諸
声ぞ立つ

立秋を過ぐれど蟬の鳴きさかる古墳の丘に午
前午後と来つ

月々に歳々にして老いゆけど汝がこゑ聞きて
老いの揺らぎぬ

工場群

浦安の町は境川と共にあり漁業権放棄に心は
棄てず

海埋めて竣りし工場群の轟音が昼夜を問はず
町を覆ひぬ

とろとろと老い行く現もあるならん猛暑日つ
づき熱帯夜つづけり

蝮酒を二合ほど呑みさらに呑む龍之介の一句
が不意によぎりて

真実と言へど二転三転せる話うつろに聞きて
早く帰りく

何処へ

重々ときぞありけふあり何処へと向かひてゐ
んか臥所にあれど

診察を受くるに三時間待ちゐるは疲労を超えて悲劇の如し

鉢植ゑの五葉あけびの二十年経て大きなる実を初めてつけたり

休むなく春夏秋冬のあかつきを勁く歩めり一時間の歩み

村々に戊申戦争の跡ありて大鳥圭介の話をしたり

逡巡

裏畑のあれば生き物をいろいろと見ることのあり太き青大将

くねりたる石榴の幹の枝々に朱実はすでに割れてきはまる

子供らの登下校時に束縛のなき声がひびかふ成長の声

館内に設へられし庭園に幾すぢなしてひびく滝音

今日は今日明日はあすなりと逡巡を断ちて蟹
の甲羅に酒をそそげり

歳晩の暖かき庭に立ちをれば蜥蜴よぎれり何
か楽しき

後書

このたびの歌集は、第二歌集『黒き葡萄』に続くもので、平成十一年から二十二年までの作品の中から五百七首を収めた。纏めてみると同じような作品が相当数あったのでかなり捨てた。それでも類似的な観方、類似的な表現が多かったこと、また語彙の狭さは言うべくもない。これは自身の不勉強の一言につきるだろう。更に言うならば、果たして写生短歌としての叙情性、声調をどれほどともなっていようか。佐藤佐太郎先生の教えに従い、そののちは、先生の『全歌集』、『純粋短歌』等々をさらに深く読み作歌して来たが、反省の思いしきりである。がしかし、全ての歌が不出来であるとは思っていない。不遜を顧みず言えば幾つかの作品に私なりの存在があるだろう。それらに立ち止まってくれる人は立ち止まってくれるのではないか。

幾つかの作をみずから添削し改作もした。しかし、私の歌わんとする想いが容易にいかず、中途半端なまま載せたものもある。歌誌等に発表したそのものをもって、編むことが出来たらどんなにか良いことだろう。これは私ばかりではないだろう。しかし、言い逃れにはならない。

○

歌集名を『停年』としたのは、どの一首からでもない。平成十七年三月末日をもって長きに亙った勤務先が停年退職となった。勤め人間としての一区切りである。その前後を含めて停年を素材とした歌を多く詠んでいる。まことの思いを作品にしている。何故なら停年が近づくにつれて、停年の早く来ることをひたすら願っていたからである。故に歌集名を『停年』とした。簡潔そのものであると、自身は思っている。

○

勿論、停年そのものも職場に係わる歌であるが、日々の職場の歌が実に多い。

単なる愚痴を吐き出しているだけではないかと、受け取る方がいても一向にかまわない。組織ある職場の当然な事柄であると受け取られても一向にかまわない。自分で言うのもなんだが、たしかに事務能力に欠けていた。しかし、発言は必要に応じてしてきた。言わなければよい発言までしてしまうことしばしばであった。余計な事を言わず、みずからの能力を承知して勤めてさえいれば、それでいいのだと承知はしていたが、性分と言うものだろう。そんな職場詠の数々である。決して自身が事務能力に欠けるところから生まれる妬みの歌ではない。あえて言うならば、私を含めた職場全体の人間関係を心眼をもって詠んだと言っても過言ではない。

○

退職に際し、非常勤職員としての書類をいただいた。具体的に職場名まであった。私は丁寧にお断りをした。該当者の多くは、私のような捻くれ者はなく、非常勤職員として引き続き勤めたようだ。これは生き方の問題であり、それぞれである。私が余分なことを云々することではない。

○

停年後八年が過ぎた。佐藤佐太郎先生の「作歌真」にある〈おもむくままにおもむく〉、といった思いで日月を積んで来ていると言ってよい。この言葉はあくまでも作歌者への助言であるが、私はこの言葉を短歌に限定せず、己の生き方そのものに当てはめている。勤めていた時もすでにそのような思いで自らを大切にしてきた。先ほど停年は勤めの一区切りであると言ったが、営々として育んでいる生を一区切りしたわけではない。「おもむくままにおもむく」は、私にとって自らを探し求めるところの心の拠所となっている。

○

ここに来て後書にあえて付け加えるならば、私は二歳の時に日本画家であった父を亡くしている。当然父を知らない。父は結核療養所で亡くなったのだが、三十四歳であった。私はと言うと今年で丁度父の倍の齢を生きている。この時にあたって歌集を出すと言うのもなにがしかの手向けになるだろう。

○

本集の出版については、現代短歌社の道具武志様に特段のご好意をいただいた。厚くお礼を申し上げる次第である。願わくば関心ある人によっていくらかでもご高覧いただけるならば幸いと言うほかはない。併せて批判を請うものである。

平成二十五年盛夏

佐倉東雄

著者略歴

佐倉東雄（さくら　あづまを）

歌人

昭和19年７月３日	千葉県に生れる
昭和46年３月	歌人、千葉市在住の田中子之吉氏を訪ねる
昭和46年８月	短歌結社「歩道」に入会 佐藤佐太郎氏に師事
昭和58年３月	短歌結社「運河の会」創立に参加 同時に「歩道短歌会」を退会
昭和63年10月	第一歌集『沖茜』を刊行
平成11年11月	第二歌集『黒き葡萄』を刊行
平成23年５月	「運河の会」運営委員に推薦される 地域短歌サークル講師

郷土史家

	現在　千葉県文化財保護協会評議委員
	〃　房総古代道研究会会員
	〃　市原市八幡の石像物研究会会員
平成８年５月	郷土史『市原市八幡あれこれ』を刊行
平成19年９月	『市原市八幡・五所地域の方言・田舎弁を散歩する』を刊行
平成25年１月	『市原市八幡の石像物研究』を刊行（共著）

歌集 停年　　運河叢書

平成25年９月26日　発行

著　者　佐《さ》　倉《くら》　東《あづま》　雄《を》

〒290-0062 千葉県市原市八幡1983番地の4

発行人　道　具　武　志

印　刷　㈱キャップス

発行所　**現代短歌社**

〒113-0033 東京都文京区本郷1-35-26
振替口座　00160-5-290969
電　話　03（5804）7100

定価2500円（本体2381円＋税）
ISBN978-4-906846-91-7 C0092 ¥2381E